無怨的青春

席慕蓉

生命因詩而甦醒

——新版序

散落在四處的詩稿，像是散落在時光裏的生命的碎片，等到把它們集成一冊，在燈下初次翻讀校樣之時，才驚覺於這眞切的全貌。

終於知道，原來——

詩，不可能是別人，只能是自己。

這個自己，和生活裏的角色不必一定完全相稱，然而卻絕對是靈魂全部的重量，是生命最逼眞精確的畫像。

這是我爲我的第四本詩集《邊緣光影》所寫的序言全文，出版時間是一九九九年五月，離上一本詩集《時光九篇》的出版，已經有十二年之久。

時光疾如飛矢，從我身邊掠過，然而，有些什麼在我的詩裏卻進行得極爲緩慢。

這十二年之間，由於踏上了蒙古高原，從初見原鄉的孺慕和悲喜，到接觸了草原文化之後的敬畏與不捨；從大興安嶺到天山山麓、從鄂爾多斯荒漠到貝加爾湖，十年中的奔波與浮沉，陷入與沒頂，可以說是一種在生活裏的全神貫注，詩，因此而寫得更慢了。

但是，要等到把這十二年之間散落在各處的詩稿都集在一起，成爲一個整體的時候，才發現我的詩即使寫得很慢，卻依然忠實地呈現出生命的面貌，今日的我與昨日的我，果然距離越來越遠，因此而不得不承認——

我們曾經有過怎麼樣的時刻，就會寫出怎麼樣的詩來。

但是，但是，在這逐漸而緩慢的變動之間，有種特質卻又始終如一。在寫了出來或者沒能寫出來的詩行裏，有些什麼若隱若現，不曾改變，從未稍離。

此刻來爲新版的《七里香》和《無怨的青春》校對之時，這種感覺更是特別強烈。

《七里香》是我的第一本詩集，初版於一九八一年七月。《無怨的青春》是第二本，初版於一九八三年二月，離現在都快有二十年了。中間偶爾會翻動一下，最多只是查一兩首詩的寫作日期，或者影印一些給別人當資料。這麼多年來，除了爲「東華」和「上海文藝」出選集的時候稍爲認眞地看一看之外，從來沒像此刻這樣逐字逐行逐頁地重新檢視，好像重新回到那已經過去了的時光，那些個曾經多麼安靜和芳香的夜晚，在燈下，從我筆端從我心中，一首又一首慢慢寫出來的詩。

這些詩一直是寫給我自己看的，也由於它們，才能使我看到自己。知道自己正處在生命中最美麗的時刻，所有繁複的花瓣正一層一層地舒開，所有甘如醇蜜、澀如黃連的感覺正交織地在我心中存在。歲月如一條曲折的閃著光的河流靜靜地流過，今夜爲二十年前的我心折不已，而二十年後再回顧，想必也會爲此刻的我而心折。（《七里香》第一九二頁）

果然是這樣。

在接近二十年之後的此刻，重新回過頭來審視這些詩，恍如面對生命裏無法言傳去又復返的召喚，是要用直覺去感知的一種存在，是很難形容的一種疼痛，微顫微寒而確實又微帶甘美的戰慄；而在這一切之間，我終於又重新碰觸到那幾乎已經隱而不見、卻又從來不曾離開片刻的「初心」。

初心恆在，依舊素樸謙卑。

我一直相信，生命的本相，不在表層，而在極深極深的內裏。

不管日常生活的表面是多麼混亂粗糙，在我們每個人內心最幽微的地方，其實永遠深藏著一份細緻的初心——那生命最初始之時就已經擁有的，對一切美好事物似曾相識的鄉愁。

詩，就是由此而發生的。

少年時第一次試著寫詩，是在讀了「古詩十九首」之後，那種驚動，應該是對文字的啓蒙。詩並不能成段落，都留在初中二年級的日記本裏了，是一九五四年秋天的事。

而在我詩集中最早的一首詩「淚·月華」，寫成於一九五九年三月十二日，高中三年級下寫期剛開始不久。

從一九五九到一九九九，四十年間，雖然沒有中斷，寫的卻不能算多，能夠收進這四本詩集裏的詩，總數也不過只有兩百五十二首而已。

時光疾如飛矢，從我身邊掠過，然而，在我的詩裏，一切卻都進行得極爲緩慢。

這是因爲，在寫詩的時候，我一無所求。

我想，這是我的幸運。因爲我從來不必以寫詩做爲自己的專業，因此而可以離企圖心很遠很遠，不受鞭策、不趕進度，更沒有誘惑。從而能夠獨來獨往，享有那在創作上極爲珍貴難得的完全的自由。

我是有資格說這樣的話。因爲，四十年來，在繪畫上，我可是無時無刻不在受那企圖心的干擾，從來也沒能眞正掙脫過一次啊！

當然，距離企圖心的遠近，和創作的品質並不一定有關聯。而且，無論是何等樣的作品，完成之後，就只能留待時間和觀賞者來做揀選，對作品本身保持永遠的沉默，是一個創作者應該有的權利和美德。

不過，在這篇序言的最後，我還是要感謝許多位朋友，謝謝他們給我的鼓勵和了解。

我要謝謝大地出版社的姚宜瑛女士，我的第一和第二本詩集都在大地出版，十幾年的合作非常愉快。姚女士給我的一切，是一定要深深道謝的。

謝謝曉風，願意引導我。

謝謝七等生和蕭蕭，兩位在十幾二十年前就爲我寫成的評論長文，這次才能鄭重放進書中，重讀之時，更能領略到其中的深意。

謝謝簡志忠先生和圓神的工作伙伴，讓新版的兩本詩集能有如此美好的面貌。

還要謝謝許多位在創作上給了我長遠的關懷和影響的好朋友。

更要謝謝我摯愛的家人。

最後，我也要謝謝在中文和蒙文世界裏的每一位讀者。

我的文字並沒有那麼好，是你們自身的感動給它增添了力量和光澤；我的世界原本與眾人無涉，是你們誠摯的共鳴，讓我得以進入如此寬廣遼闊的人間。

我從來不知道，僅只是幾本薄薄的詩集，竟然能夠得到如此溫暖的回響。

這十幾年來，在我個人的生命裏，因著詩集的出版而得以與幾百萬的讀者結緣，不能不說是一件奇遇。

有時候，在一些沒有預知的角落，常會遇見前來向我致意的讀者。在最初，我常常會閃躲，覺得不安。但是，慢慢地，經過多年以後，我終於領會了我們之間的共通之處，在心靈最幽微的地方，我們都擁有一顆素樸和謙卑的初心。

那麼，就相對微笑罷，不必再說什麼。我們都能明白，不管生活的表象是多麼混亂粗糙，也沒有分什麼性別和年齡，在提起筆和翻開書頁的時刻裏，除了詩，我們眞的一無所求。

在心靈最幽微之處，生命因詩而甦醒。

——二〇〇〇年的初始，寫於淡水畫室

前緣

與你同行

最後的一句

無怨的青春

此刻的心情——代序

從十四歲開始正式學畫，這麼多年了，遇到有自己特別喜歡的作品，還是會留起來，捨不得賣掉。從台北到布魯塞爾，從慕尼黑再回到石門，一綑一綑的畫布跟著我搬來搬去，怎樣也捨不得丟掉，因爲心裏知道，那樣的作品在往後的日子裏是再也畫不出來的了。

因爲，正如同人類的成長一樣，一個階段有一個階段的面貌，過了這個階段，再要往回走就是強求。

所以，在今夜，雖然窗外依舊是潮濕而芬芳的院落，燈下依然有幾張唱片、幾張稿紙，可是，面對著《無怨的青春》的初稿，我深深地覺得，世間有些事物是不會再回來的了。就好像一顆離我越來越遠的星辰，眼看著它逐漸變小、變暗、變冷，終於在一個我絕對無法觸及的距離裏消失，而我站在黑暗的夜裏，對一切都無能爲力。

心裏是有一點悲傷和悵惘的，但是也同樣含著感謝，感謝的是：藉著它曾經發過的光和熱，讓我寫出了一些自己也很喜歡的詩句，使我在每次回顧的時候，仍然可以信它、愛它的懷想它。

所以在《七里香》和《無怨的青春》裏，我參差地放進了從十幾歲到三十幾歲的作品，一方面是因爲這些作品有著相彷彿的面貌，一方面也是爲了我自己的一種紀念，紀念一段遠去的歲月，紀念那一個只曾在我心中存在過的小小世界。

如果只把這些詩當成是一種紀錄，那麼，詩裏當然有我。可是，如果大家肯把這些詩當成是一件藝術品的話，那麼，詩裏就不應該是只有我而已了。

在現實生活裏，我是一個幸運的女子，因爲有深愛著我的人的支持，我才能如此恣意地成長，想畫就畫，想寫就寫，做著對一個婦人來說是極爲奢侈的事。我要承認，在今生，我已經得到了我所一直盼望著的那種絕對的愛情！上蒼一切的安排原來都有深意，我願意沿著既定的軌跡走下去，知恩並且感激。

我會好好地去生活，好好地把握住每一個時刻，對所有的一切都不再強求。

當然，詩仍然是要寫下去的，只是，在明天，我會寫些什麼，或者我將要怎樣寫，就完全不是此刻的我可以預知的了。

生命的迷人之處，親愛的朋友啊！不也就都在這些地方了嗎？

——一九八二年冬日於石門鄉居

卷一　無怨的青春

在年輕的時候，如果你愛上了一個人，請你，請你一定要溫柔地對待他。

不管你們相愛的時間有多長或多短，若你們能始終溫柔地相待，那麼，所有的時刻都將是一種無瑕的美麗。

若不得不分離，也要好好地說聲再見，也要在心裏存著感謝，感謝他給了你一份記憶。

長大了以後，你才會知道，在驀然回首的剎那，沒有怨恨的青春才會了無遺憾，如山崗上那輪靜靜的滿月。

詩的價值

若你忽然問我
爲什麼要寫詩
爲什麼　不去做些
別的有用的事
那麼　我也不知道
該怎樣回答

我如金匠　日夜捶擊敲打
只爲把痛苦延展成
薄如蟬翼的金飾

不知道這樣努力地
把憂傷的來源轉化成
光澤細柔的詞句
是不是　也有一種
美麗的價値

——一九八〇・一・廿九

如歌的行板

一定有些什麼
是我所不能了解的
不然　草木怎麼都會
循序生長
而候鳥都能飛回故鄉

一定有些什麼
是我所無能爲力的

不然　日與夜怎麼交替得
那樣快　所有的時刻
都已錯過　憂傷蝕我心懷

一定有些什麼　在葉落之後
是我所必須放棄的

是十六歲時的那本日記
還是　我藏了一生的

那些美麗的如山百合般的
祕密

——一九八一·十·十四

愛的筵席

是令人日漸消瘦的心事
是舉箸前莫名的傷悲
是記憶裏一場不散的筵席
是不能飲不可飲　也要拚卻的
一醉

——一九八一・七・六

盼望

其實　我盼望的
也不過就只是那一瞬
我從沒要求過　你給我
你的一生

如果能在開滿梔子花的山坡上
與你相遇　如果能

深深地愛過一次再別離
那麼　再長久的一生
不也就只是　就只是
回首時
那短短的一瞬

——一九八一．十一．四

年輕的心

不再回頭的
不只是古老的辰光
也不只是那些個夜晚的
星群和月亮

儘管　每個清晨仍然會
開窗探望

每個夏季　仍然
會有茉莉的清香

可是　是有些什麼
已經失落了
在擁擠的市街前
在倉皇下降的暮色中
我年輕的心啊
永不再重逢

——一九八〇・一・十五

蚌與珠

無法消除那創痕的存在
於是　用溫熱的淚液
你將昔日層層包裹起來

那記憶卻在你懷中日漸
晶瑩光耀　每一轉側
都來觸到痛處

使回首的你愴然老去
在深深的靜默的　海底

——一九八一．八．五

卷二　初相遇

J. HSI
1982

美麗的夢和美麗的詩一樣，都是可遇而不可求的，常常在最沒能料到的時刻裏出現。

我喜歡那樣的夢，在夢裏，一切都可以重新開始，一切都可以慢慢解釋，心裏甚至還能感覺到，所有被浪費的時光竟然都能重回時的狂喜與感激。胸懷中滿溢著幸福，只因你就在我眼前，對我微笑，一如當年。

我眞喜歡那樣的夢，明明知道你已爲我跋涉千里，卻又覺得芳草鮮美、落英繽紛，好像你我才初初相遇。

緣起

就在眾荷之間
我把我的一生都
交付給妳了

沒有什麼可以勘酌
可以來得及盤算
是的　沒有什麼

可以由我們來安排的啊
在千層萬層的蓮葉之前
當妳一回眸
有很多事情就從此決定了
在那樣一個　充滿了
花香的　午後

——一九八二·二·十四

一個畫荷的下午

在那個七月的午後
在新雨的荷前　如果
如果妳沒有回頭

我本來可以取任何一種題材
本來可以畫成　一張
完全不同的素描或是水彩

我的一生　本來可以有
不同的遭逢　如果
在新雨的荷前
妳只是靜靜地走過
在那個七月的午後　如果
如果妳沒有　回頭

——一九八二・六・廿七

十六歲的花季

在陌生的城市裏醒來
唇間仍留著你的名字
愛人我已離你千萬里
我也知道
十六歲的花季只開一次
但我仍在意裙裾的潔白

在意那一切被讚美的
被寵愛與撫慰的情懷
在意那金色的夢幻的網
替我擋住異域的風霜

愛原來是一種酒
飲了就化作思念
而在陌生的城市裏
我夜夜舉杯
遙向著十六歲的那一年

——一九七八

惑

我難道是眞的在愛著你嗎
難道　難道不是
在愛著那不復返的青春

那一朵
還沒開過就枯萎了的花
和那樣倉促的一個夏季

那一張
還沒著色就廢棄了的畫
和那樣不經心的一次別離

我難道是眞的在愛著你嗎
不然　不然怎麼會
愛上
那樣不堪的青春

——一九八一·三·四

疑問

我用一生
來思索一個問題
年輕時　如羞澀的蓓蕾
無法啓口
等花滿枝椏

卻又別離

而今夜相見
卻又凝著你我的白髮

可笑啊　不幸的我
終於要用一生
來思索一個問題

——一九八一·六·十一

卷三　年輕的夜

SI
1982

有的答案，我可以先告訴你，可是，我愛，有些答案恐怕要等很久，等到問題都已經被忘記。

到那個時候，回不回答，或者要回答些什麼都將不再那麼重要，若是，若是你一定要知道。

若是你仍然一定要知道，那麼，請你往回慢慢地去追溯、仔細地翻尋，在那個年輕的夜裏，有些什麼，有些什麼，曾襲入我們柔弱而敏感的心。

在那個年輕的夜裏，月色曾怎樣清朗，如水般的澄明和潔淨。

我的信仰

我相信　愛的本質一如
生命的單純與溫柔
我相信　所有的
光與影的反射和相投
我相信　滿樹的花朵
只源於冰雪中的一粒種子

我相信　三百篇詩
反覆述說著的　也就只是
年少時沒能說出的
那一個字

我相信　上蒼一切的安排
我也相信　如果你願與我
一起去追溯
在那遙遠而謙卑的源頭之上
我們終於會互相明白

——一九八二・八・廿六

山月——舊作之一

在中山　午夜　松林像海浪
月光替松林剪影
你笑著說　這不是松
管它是什麼　深遠的黑　透明的藍
一點點淡青　一片片銀白
還有那幽幽的綠　映照著　映照著
林中的你　在　你的林中

你殷勤款待因爲你是豪富
有著許許多多山中的故事
拂曉的星星　林火　傳奇的梅花鹿
你說著　說著
卻留神著不對我說　那一個字

我等著　用化石般的耐心
可是　月光使我聾了　山風不斷襲來
在午夜　古老的林中百合蒼白

——一九六四・六

山月——舊作之二

我曾踏月而去
只因你在山中
而在今夜訴說著的熱淚裏
猶見你微笑的面容

叢山黯暗
我華年已逝

想林中次次春回　依然
會有強健的你
挽我拾級而上
而月色如水　芳草萋迷

——一九六七・三・廿五

山月——舊作之三

請你靜聽　月下
有商女在唱後庭
（唱時必定流淚了吧）
雨雪霏霏　如淚
如淚
（唱歌的我是不是商女呢）

不知道　千年的夢裏
都有些什麼樣的曲折和反覆
五百年前　五百年後
有沒有一個女子前來　爲你
含淚低唱

而月色一樣滿山
青春一樣如酒

——一九六七

無悔的人

她曾對我許下
一句非常溫柔的諾言
而那輪山月
曾照過她在林中　年輕的
皎潔的容顏
用芳香的一瞬　來換我

今日所有的憂傷和寂寞
在長夜痛哭的人群裏
她可知道　我仍是啊
無悔的那一個

——一九八一·十一·九

訣別

不願成爲一種阻擋
不願　讓淚水
沾濡上最親愛的那張臉龐

於是　在這黑暗的時刻
我悄然隱退
請原諒我不說一聲再會

而在最深最深的角落裏
試著將妳藏起
藏到任何人　任何歲月
也無法觸及　距離

——一九八一·十一·九

融雪的時刻

當她沉睡時
他正走在融雪的小鎮上
渴念著舊日的
星群　並且在
冰塊互相撞擊的河流前
輕聲地
呼喚著她的名字

而在南國的夜裏
一切是如常的沉寂
除了幾瓣疲倦的花瓣
因風
落在她的窗前

——一九八二·七·卅一

卷四　警告

其實，水筆仔是很早就在那裏了，爲了要給我們一個及時的警告，它到得比我們任何一個人都早。

我們終於攜手前來，卻不知道水筆仔長久的等待。我們以爲一切的快樂與欣喜都是應該的，以爲山的藍和水的綠都不足爲奇，以爲，若是肯眞心相愛，就永遠不會分離。

其實，水筆仔是很早就在那裏了，可是，海風吹起我潔白的衣裳，歲月正長，年輕的心啊，無法了解水筆仔的焦慮和憂傷。

淚・月華

忘不了的　是你眼中的淚
映影著雲間的月華

昨夜　下了雨
雨絲侵入遠山的荒塚
那小小的相思木的樹林
遮蓋在你墳上的是青色的蔭

今晨　天晴了
地蘿爬上遠山的荒塚
那輕輕的山谷裏的野風
拂拭在你墳上的是白頭的草

黃昏時
誰會到墳間去辨認殘破的墓碑
已經忘了埋葬時的方位
只記得哭的時候是朝著斜陽
隨便吧
選一座青草最好的
放下一束風信子

我本不該流淚
明知地下長眠的不一定是你
又何必效世俗人的啼泣

是幾百年了啊
這悠長的夢　還沒有醒
但願現實變成古老的童話
你只是長睡一百年　我也陪你
讓野薔薇在我們身上開花
讓紅胸鳥在我們髮間做巢
讓落葉在我們衣褶裏安息
轉瞬間就過了一個世紀

但是　這只是夢而已
遠山的山影吞沒了你
也吞沒了我憂鬱的心
回去了　穿過那松林
林中有模糊的鹿影
幽徑上開的是什麼花
爲什麼夜夜總是帶淚的月華

——一九五九·三·十二

遠行

明日
明日又隔山岳
山岳溫柔莊嚴
有鬱雷發自深谷
重巒疊嶂
把我的雙眸遮掩
再見　我愛

讓我獨自越過這陌生的澗谷
隔著深深的鬱悶的空間
我的昔時在哭

——一九六五．一．十

自白

別再寫這些奇怪的詩篇了
你這一輩子別想做詩人
但是
屬於我的愛是這樣美麗
我心中又怎能不充滿詩意
我的詩句像斷鍊的珍珠

雖然殘缺不齊
但是每一顆珠子
仍然柔潤如初

我無法停止我筆尖的思緒
像無法停止的春天的雨
雖然會下得滿街泥濘
卻也洗乾淨了茉莉的小花心

——一九六五·二·四

四季

1

讓我相信　親愛的
這是我的故事
就好像　讓我相信
花開　花落
就是整個春季的歷史

2

你若能忘記　那麼
我應該也可以
把所有的淚珠都冰凝在心中
或者　將它們綴上
那夏夜的無垠的天空

3

而當風起的時候
我也只不過緊一緊衣裾
護住我那仍在低唱的心
不讓秋來偷聽

4

只爲　不能長在落雪的地方
終我一生　無法說出那個盼望
我是一棵被移植的針葉木
親愛的　你是那極北的
冬日的故土

——一九八〇・四・十一

為什麼

我可以鎖住我的筆　爲什麼
卻鎖不住愛和憂傷

在長長的一生裏　爲什麼
歡樂總是乍現就凋落
走得最急的都是最美的時光

——一九七九・十・六

樓蘭新娘

我的愛人　曾含淚
將我埋葬
用珠玉　用乳香
將我光滑的身軀包裹
再用顫抖的手　將鳥羽
插在我如緞的髮上
他輕輕闔上我的雙眼

知道　他是我眼中
最後的形象
把鮮花灑滿在我胸前
同時灑落的
還有他的愛和憂傷

夕陽西下
樓蘭空自繁華
我的愛人孤獨地離去
遺我以亙古的黑暗
和　亙古的甜蜜與悲悽

而我絕不能饒恕你們
這樣魯莽地把我驚醒
曝我於不再相識的
荒涼之上
敲碎我　敲碎我
曾那樣溫柔的心

只有斜陽仍是
當日的斜陽　可是
有誰　有誰　有誰
能把我重新埋葬
還我千年舊夢

我應仍是　樓蘭的新娘

——看中視「六十分鐘」介紹羅布泊，裏面有考古學者掘出千年前的木乃伊一具，據説髮間插有鳥羽，埋葬時應是新娘。

一九八一．三．十四

卷五　謎題

HSI 1982

當我猜到謎底，才發現，筵席已散，一切都已過去。

筵席已散，眾人已走遠，而你在眾人之中，暮色深濃，無法再辨認，不會再相逢。

不過只是剎那之前，這園中還風和日麗，充滿了歡聲笑語，可是我不能進去。他們給了我一個謎面，要我好好地猜測，猜對了，才能與你相見，才能給我一段盼望中的愛戀。

當我猜到謎底，才發現，一切都已過去，歲月早已換了謎題。

短歌

在無人經過的山路旁
桃花紛紛地開了
並且落了

鏡前的那個女子
長久地凝視著
鏡裏

她的芬芳馥郁的美麗
而那潮濕的季節　和
那柔潤的心
就是常常被人在太遲了的時候
才記起來的
那一種　愛情

——一九八二·一·六

青春——之三

我愛　在今夜
迴看那來時的山徑
才發現　我們的日子已經
用另一種全然不同的方式
來過了又走了

曾經那樣熱烈地計畫過的遠景

那樣細緻精密地描好了的藍圖
曾經那樣渴盼著它出現的青春
卻始終
始終沒有來臨

——一九七九・六

曇花的祕密

總是
要在凋謝後的清晨
你才會走過
才會發現　昨夜
就在你的窗外
我曾經是
怎樣美麗又怎樣寂寞的

一朵

我愛　也只有我
才知道
你錯過的昨夜
曾有過　怎樣皎潔的月

——一九八一・十一・十五

距離

我們置身在極高的兩座山脊上
遙遙地彼此不能相望

卻能聽見你溫柔的聲音傳來
雲霧繚繞　峽谷陡峭
小心啊　你說　我們是置身在
一步都不可以走錯的山脊上啊

所以　即使是隔著那樣遠
那樣遠的距離
你也始終不肯縱容我　始終守著
在那個年輕的夜裏所訂下的戒律

小心啊　你說
我們一步都不可以走錯

可是　有的時候
嚴厲的你也會忽然忘記
也會回頭來殷殷詢問
荷花的消息　和那年的

山月的蹤跡
而我能怎樣回答你呢
林火已熄　悲風凜冽
我哽咽的心終於從高處墜落
你還在叮嚀　還在說
小心啊　我們
我們一步都不可以走錯

所有的歲月都已變成
一篇虛幻的神話　任它
綠草如茵　花開似錦
也終於都要紛紛落下

在墜落的昏眩裏
有誰能給我一句滿意的解答
永別了啊
孤立在高高的山脊上的你
如果從開始就是一種
錯誤　那麼　爲什麼
爲什麼它會錯得那樣的　美麗

——一九八二·九·廿

白鳥之死

你若是那含淚的射手
我就是　那一隻
決心不再躲閃的白鳥
只等那羽箭破空而來
射入我早已碎裂的胸懷

你若是這世間唯一
唯一能傷我的射手
我就是你所有的青春歲月
所有不能忘的歡樂和悲愁

就好像是最後的一朵雲彩
隱沒在那無限澄藍的天空
那麼　讓我死在你的手下
就好像是　終於能
死在你的懷中

——一九八三·一·一

致流浪者

總有一天　你會在燈下
翻閱我的心　而窗外
夜已很深　很靜

好像是　一切都已過去了
年少時光的熙熙攘攘
塵埃與流浪　山風與海濤

都已止息　你也終於老去

窗外　夜霧漫漫
所有的悲歡都已如彩蝶般
飛散　歲月不再復返

無論我曾經怎麼固執地
等待過你　也只能
給你留下一本
薄薄的　薄薄的　詩集

——一九八二·五·卅一

卷六　回首的剎那

J.HSI
1982

在我們的世界裏，時間是經、空間是緯，細細密密地織出了一連串的悲歡離合，織出了極有規律的陰差陽錯。而在每一個轉角、每一個繩結之中，其實都有一個祕密的記號，當時的我們茫然不知，卻在回首之時，驀然間發現一切脈絡歷歷在日，方才微笑地領悟了痛苦和憂傷的來處。

在那樣一個回首的剎那，時光停留，永不逝去。在羊齒和野牡丹的蔭影裏，流過的溪澗還正年輕，天空佈滿雲彩，我心中充滿你給我的愛與關懷。

印記

不要因爲也許會改變
就不肯說那句美麗的誓言
不要因爲也許會分離
就不敢求一次傾心的相遇

總有一些什麼
會留下來的吧

留下來做一件不滅的印記
好讓　好讓那些
不相識的人也能知道
我曾經怎樣深深地愛過妳

——一九八一．十一．四

十字路口

如果我眞的愛過你
我就不會忘記

當然　我還是得
不動聲色地走下去
說　這天氣眞好
風又輕柔

還能在斜陽裏疲倦地微笑
說　人生極平凡
也沒有什麼波折和憂愁

可是　如果我眞的愛過你
我就不會忘記

就是在這個十字路口
年輕的你我　曾揮手
從此分離

——一九八一・一・十五

青青的衣裾

我是一條清澈的河流
繞過妳佇立的沙洲
在那個晴朗的夏日
有著許多白雲的午後

妳青青的衣裾
在風裏飄搖

倒映在我心中
又像一條溫柔的水草

帶著甜蜜的痛楚
我頻頻回顧
我將流過不再重回
此生將無法與妳再相會

我知道　冬必將來臨
蘆花也會凋盡
兩岸的悲歡將如雲煙
只留下群星在遙遠的天邊

在冰封之前
我將流入大海
而在幽暗的孤寂的海底
我會將妳想起
還有妳那　還有妳那
青青的衣裾

——一九八〇・十一・十九

給青春

並不是我願意這樣　老去的
只是白天黑夜不斷地催促
將你從我身邊奪去
到　連我伸手也再無法搆及的
距離

——一九八一．六

悲劇的虛與實

其實　並不是眞的老去
若眞的老去了　此刻
再相見時　我心中
如何還能有轟然的狂喜

因此　妳遲疑著回首時
也不是眞的忘記

若眞的忘記了　月光下
妳眼裏哪能有柔情如許

可是　又好像並不是
眞的在意　若眞的曾經
那樣思念過　又如何能
雲淡風輕地握手寒暄
然後含笑道別　靜靜地
目送妳　再次　再次的
離我而去

——一九八一・七・十四

山百合

與人無爭　靜靜地開放
一朵芬芳的山百合
靜靜地開放在我的心裏

沒有人知道它的存在
它的潔白
只有我的流浪者

在孤獨的路途上
時時微笑地想起它來

——一九八二·五·十三

藝術家

你已用淚洗淨我的筆
好讓我在今夜畫出滿地的煙雨
而在心中那個芬芳的角落
你爲我雕出一朵永不凋謝的荷
浮生若夢

我愛
何者是實　何者是空
何去何從

——一九八一・三・十二

永遠的流浪者

妳儘管說吧
說妳愛我　或者不愛
妳儘管去選擇那些
難懂的字句　把它們
反反覆覆地排列開來
妳儘管說吧
列蒂齊亞　妳的心情

我都會明白

妳儘管變吧
變得快樂　或者冷漠
妳儘管去試戴所有的
複雜的面具
走一些曲折的路
妳儘管去做吧
列蒂齊亞　妳的心情
我都會明白

人世間儘管有變遷

友朋裏儘管有
難測的胸懷　我只知道
列蒂齊亞　妳是我
最初和最後的愛

在迢遙的星空上
我是妳的　我是妳的
永遠的流浪者
用飄泊的一生　安靜地
守護在妳的幸福　和
妳溫柔的心情之外

可是　列蒂齊亞
飄流在恆星的走廊上
想妳　卻無法傳遞
流浪者的心情啊
列蒂齊亞　妳可明白

——一九八二·五·廿四

卷七　前緣

人若眞能離世，世間若眞有輪迴，那麼，我愛，我們前生曾經是什麼？

你若曾是江南採蓮的女子，我必是你皓腕下錯過的那一朵。你若曾是那個逃學的頑童，我必是從你袋中掉落的那顆嶄新的彈珠，在路旁草叢裏，目送你毫不知情地遠去。你若曾是面壁的高僧，我必是殿前的那一炷香，焚燒著，陪伴過你一段靜穆的時光。

因此，今生相逢，總覺得有些前緣未盡，卻又很恍惚，無法仔細地去分辨，無法一一地向你說出。

試驗——之一

他們說　在水中放進
一塊小小的明礬
就能沉澱出　所有的
渣滓

那麼　如果
如果在我們的心中放進

一首詩
是不是　也可以
沉澱出所有的　昨日

——一九八二·七·十二

試驗——之二

化學課裏　有一種試紙
遇酸變紅　遇鹼變藍

我多希望
在人生裏
能有一種試紙
可以　先來替我試出

那交纏在我眼前的
種種　悲　歡

——一九八二・七・十二

悲喜劇

長久的等待又算得了什麼呢
假如　過盡千帆之後
你終於出現
（總會有那麼一刻的吧）

當千帆過盡　你翩然來臨
斜暉中你的笑容　那樣眞實

又那樣地不可置信
白蘋洲啊　白蘋洲
我只剩下一顆悲喜不分的心

才發現原來所有的昨日
都是一種不可少的安排
都只爲了　好在此刻
讓你溫柔憐惜地擁我入懷
（我也許會流淚　也許不會）

當千帆過盡　你翩然來臨
我將藏起所有的酸辛　只是

在白蘋洲上啊　白蘋洲上
那如雲霧般依舊飄浮著的
是我一絲淡淡的哀傷

——一九八二·四·十八

出岫的憂愁

驟雨之後
就像雲的出岫　你一定要原諒
一定要原諒啊　一個女子的
無端的憂愁

——一九八二·七·廿三

禪意——之一

當你沉默地離去
說過的　或沒說過的話
都已忘記
我將我的哭泣也夾在
書頁裏　好像
我們年輕時的那幾朵茉莉

也許會在多年後的
一個黃昏裏
從偶然翻開的扉頁中落下
沒有芳香　再無聲息

窗外那時　也許
會正落著細細的細細的雨

——一九八〇・五・十五

禪意——之二

當一切都已過去
我知道　我會
慢慢地將你忘記

心上的重擔卸落
請你　請你原諒我
生命原是要

不斷地受傷和不斷地復原
世界仍然是一個
在溫柔地等待著我成熟的果園

天這樣藍　樹這樣綠
生活原來可以
這樣的安寧和　美麗

——一九八〇・五・十五

卷八　與你同行

我一直想要，和你一起，走上那條美麗的山路。有柔風，有白雲，有你在我身旁，傾聽我快樂和感激的心。

我的要求其實很微小，只要有過那樣的一個夏日，只要走過，那樣的一次。

而朝我迎來的，日復以夜，卻都是一些不被料到的安排，還有那麼多瑣碎的錯誤，將我們慢慢地慢慢地隔開，讓今夜的我，終於明白。

所有的悲歡都已成灰燼，任世間哪一條路我都不能，與你同行。

此刻之後

在古老單純的時光裏
一直　有一句
沒說完的話

像日裏夜裏的流水
是山上海上的月光
反覆地來　反覆地去

讓我柔弱的心
始終在盼望　始終
找不到棲身的地方

而在此刻　你用
靜默的風景　靜默的
聲音把它說完
我卻在攔阻不及的熱淚裏
發現　此刻之後
青春終於一去不再復返

——一九七九．十一．廿八

山路

我好像答應過
要和你　一起
走上那條美麗的山路

你說　那坡上種滿了新茶
還有細密的相思樹
我好像答應過你

在一個遙遠的春日下午

而今夜　在燈下
梳我初白的髮
忽然記起了一些沒能
實現的諾言　一些
無法解釋的悲傷

在那條山路上
少年的你　是不是
還在等我
還在急切地向來處張望

——一九八一・十・五

飲酒歌

向愛情舉杯吧
當它要來的時候
我所能做的
也只有如此了

迎上前來　迎上前來
是那不可置信　襲人的

甜美氣息啊

拂過　然後消失
怎麼描述　有誰會相信

向愛情舉杯吧
當它要走的時候
我所能做的
也只有如此了

——一九八二・二・十四

際遇

在馥郁的季節　因花落
因寂寞　因你的回眸
而使我含淚唱出的
不過是
一首無調的歌

卻在突然之間　因幕起

因燈亮　因眾人的
鼓掌　才發現
我的歌　竟然
是這一劇中的輝煌

——一九八一·二·廿二

誘惑

終於知道了
在這葉將落盡的秋日
終於知道　什麼叫做
誘惑

永遠以絕美的姿態
出現在我最沒能提防的

時刻的
是那不能接受　也
不能拒絕的命運

而無論是哪一種選擇
都會使我流淚
使我　在葉終於落盡的那一日
深深地後悔

——一九八一．九．廿七

婦人的夢

春回　而我已經回不去了
儘管仍是那夜的月　那年的路
和那同一樣顏色的行道樹

所有的新芽都已掙出
而我是回不去的了
當所有的問題都已不能提起

給我再美的答案也是枉然
（我曾經那樣盼望過的啊）
月色如水　是一種浪費
我確實已無法回去

不如就在這裏與你握別
（是和那年相同的一處嗎）
請從我矜持的笑容裏
領會我的無奈　領會
年年春回時　我心中的
微微疼痛的悲哀

——一九八二・四・十八

野風

就這樣地俯首道別吧
世間哪有什麼眞能回頭的
河流呢

就如那秋日的草原　相約著
一起枯黃萎去
我們也來相約吧

相約著要把彼此忘記

只要那野風總是不肯停止
總是惶急地在林中
在山道旁　在陌生的街角
在我斑駁的心中掃過

掃過啊　那些紛紛飄落的
如秋葉般的記憶

——一九八二·七·廿三

請別哭泣

我已無詩
世間也再無飛花　無細雨
塵封的四季啊
請別哭泣

萬般　萬般的無奈
愛的餘燼已熄

重回人間
猛然醒覺那千條百條　都是
已知的路　已了然的軌跡

跟著人群走下去吧
就這樣微笑地走到盡頭
我柔弱的心啊
請試著去忘記　請千萬千萬
別再哭泣

——一九七九・十・廿四

結局

當春天再來的時候
遺忘了的野百合花
仍然會在同一個山谷裏生長
在羊齒的濃蔭處
仍然會有昔日的馨香

可是　沒有人

沒有人會記得我們
和我們曾有過的歡樂與悲傷

而時光越去越遠　終於
只剩下幾首佚名的詞　和
一抹
淡淡的　斜陽

——一九七九・八

卷九　最後的一句

再美再長久的相遇，也會一樣地結束，是告別的時候了，在這古老的渡船頭上，日已夕暮。

是告別的時候了，你輕輕地握住我的手，而我靜默地俯首等待，等待著命運將我們分開。

請你原諒我啊，請你原諒我。親愛的朋友，你給了我你流浪的一生，我卻只能給你，一本，薄薄的詩集。

日已夕暮，我的淚滴在沙上，寫出了最後的一句，若眞有來生，請你留意尋找，一個在沙上寫詩的婦人。

詠嘆調

不管我是要哭泣著
或是　微笑著與你道別

人生原是一場難分悲喜的
演出　而當燈光照過來時
我就必須要唱出那
最最艱難的一幕

請你屛息靜聽　然後
再熱烈地爲我喝采

我終生所愛慕的人啊
曲終人散後
不管我是要哭泣著
或是　微笑著與你道別
我都會慶幸曾與你同臺

——一九八一・十二・六

燈下的詩與心情

不是在一瞬間　就能
脫胎換骨的
生命原是一次又一次的
試探

所以　請耐心地等待
我愛　讓晝與夜交替地過去

讓白髮逐日滋長
讓我們慢慢地改變了心情

讓焚燒了整個春與夏的渴望
終於熄滅　換成了
一種淡然的逐漸遠去的酸辛

月亮出來的時候
也能不再開門去探望
也能　終於
由得它去瘋狂地照進
所有的山林

——一九八二・四・廿

揣想的憂鬱

我常揣想　當暮色已降
走過街角的你
會不會忽然停步
忽然之間　把我想起

而在那擁擠的人群中
有誰會注意

你突然陰暗的面容
有誰能知道
你心中剎那的疼痛

啊　我親愛的朋友
有誰能告訴你
我今日的歉疚和憂傷
距離那樣遙遠的兩個城市裏
燈火一樣輝煌

——一九八〇·五·八

習題

在園裏種下百合
在心裏種下一首歌

這樣　就可以
重複地　溫習
那最初的相遇　到

最後的別離
從實到虛　從聚到散

我們用一生來學會的
那些課題啊
從淺到深　從易到難

——一九八二・六・卅

美麗的心情

假如生命是一列
疾馳而過的火車
快樂與傷悲　就是
那兩條鐵軌
在我身後　緊緊追隨
所有的時刻都很倉皇而又模糊

除非你能停下來　遠遠地回顧

只有在回首的剎那
才能得到一種清明的
酸辛　所以　也只有
在太遲了的時候
才能細細揣摩出　一種
無悔的　美麗的　心情

——一九八二・五・廿四

散戲

讓我們　再回到那
最起初最起初的寂寞吧

讓我們　用長長的
並且極爲平凡的一生
來做一個證明
讓所有好奇好熱鬧的人群

都覺得無聊和無趣
讓一直煩擾著我們的
等著看精采結局的觀眾
都紛紛退票　頹然散去

這樣　才能回復到
最起初最起初的寂寞吧

到那個時候　舞台上
將只剩下一座空山
山中將空無一人　只有
好風好日　鳥喧花靜

到那個時候
白髮的流浪者啊　請你
請你佇足靜聽

在風裏雲裏　遠遠地
互相傳呼著的
是我們不再困惑的
年輕而熱烈的聲音

——一九八二·十·卅

雨中的了悟

如果雨之後還是雨
如果憂傷之後仍是憂傷
請讓我從容面對這別離之後的
別離　微笑地繼續去尋找
一個不可能再出現的　你

——一九八二・十一・九

給我的水筆仔

若你　能容我
在浪潮的來與去之間
在這極靜默　屏息的剎那
若你　能容我
寫下我最後的一句話

那兩隻白色的水鳥

仍在船頭迴旋　飛翔
向海的灰紫色的山坡上
傳來模糊的梔子花香

一生中三次來過渡
次次都有
同樣溫柔的夕暮
這百轉千迴的命運啊
我們不得不含淚向祂臣服
在浪潮的來與去之間
在潔淨的沙洲上

我心中充滿了不捨和憂傷
可是　我的水筆仔啊
請容我　請容我就此停車

從今以後　你就是我的
最後的　一句

也許
有些人將因此而不會再
互相忘記

——一九八二・六・廿五

後記：在今日的世間，有很多人不願意相信美麗和眞摯的事物其實就在眼前。爲了保護自己，他們寧願在一開始就斷定：所有美好的事物都只是一種虛僞的努力。這樣的話，當一切都失去了以後，他們也因此而不會覺得遺憾和受到傷害。

水筆仔是一種珍貴罕有的植物，就像一種珍貴罕有的愛情，在這世間越來越稀少，越來越不容易得到，因爲，太多的人已經不願意再去愛、再去相信。

而我對你，自始就深信不疑。

光影寂滅處的永恆

——席慕蓉在說些什麼？

曾昭旭

當席慕蓉的第一本詩集《七里香》，造成校園的騷動與銷售的熱潮，我同時也開始聽到了一些頗令人忍俊不禁的風評。似乎一時之間，席慕蓉的詩成爲少年們的夢的最新寄託。但質諸席慕蓉：妳寫這些作品是爲了烘染一個夢幻，以供人寄情的嗎？席慕蓉搖頭。且我細心一讀再讀，也沒有發現其中有什麼幻影的性格。然則人們逕拿席慕蓉的詩，來做多愁年歲的安慰或者重尋舊夢的觸媒，確是無當於作者的初衷，也未必符合作品的意境的了。然則人們又何以會有如此誤會呢？

原來文學藝術，本來不是事實的敘述而是意境的營造，而所欲營造的意境，無論是眞是善是美，是婉約是雄奇是恬澹，總歸是一個無限。但無限本來是不可言傳的，詩人藝術家遂只好剪取眼前有限的事相，予以重組成另一殊異的形貌，以暗示烘托象徵，指引出詩人心中那永恆的意境。而讀者則由此領略了、會心了、目擊而道存了，但對那意境則仍然是知則知之而口不能道。且豈唯讀者不能道，其實即是那作者那詩人也同樣是不能道的啊！而詩人所寫的則並不是道而只是一種象徵、一種表示罷了！你又豈能當眞認定、執著看死了呢！

於是席慕蓉詩中所謂青春所謂愛，是不可以眞當作青春與愛來解的。她所說的十六歲，並不是現實的十六歲；她所說的別離並不是別離，錯過並不是錯過，太遲並不是太遲，則當然悲傷也不是眞的悲傷了。有誰讀她的詩，若以爲是在追懷十六歲的已逝青春，在嗟嘆那已錯過的愛，在顛倒迷亂於心目中那可望不可即的舊夢，那就錯了。其實詩人雖說流淚，卻無悲傷；雖然悲傷，實無苦痛。她只是藉形相上的一點茫然，鑄成境界上的千年好夢。而對此一點永恆，詩人亦只是懷念，而並無追想。且所謂懷念，亦實只是每一刻現在對人生的當幾省思罷了！重逢便眞實出現在對過去朦朧經驗的明白省思之中，然則重逢的驚喜，實全握在人自己主動的手中，如人飲水，冷暖自知，而不堪與自己以外之人道。這便是我在席慕蓉詩中所讀到的眞實而純美的意境，又哪裏有夢幻之哀情可言呢？而人不知，逕將意境的營造看作是實事的摹寫，遂不免於錯看誤解了。

而席慕蓉似乎也隱約有此感此憂，因此在她籌劃出版這第二冊詩集的時候，特別在編排上費了許多工夫，遂使她二十幾年來寫詩的心意，比較有一條可供讀者尋繹的線索。當然，詩人在編纂之時，只是一任感覺之自然，未必已有一成見預存胸中。但眞摯之情必自然中理，足以待人憑恃理性之密察，檢而出之，而益見其情之眞實。而我既有幸做她詩集編定後的第一個正式的讀者，就讓我試作這一番尋繹詮解，以供其後之讀者的參考罷！

（當然，幸願我也沒有預存成見，強作解人，以掉進文學批評與鑑賞最通常的陷阱之中。）

這一冊詩集共分爲九帙。每一帙的開始，有一篇類似散文詩的引首，常常就約略點出全帙的主題了。尤其第一帙，是全書的引首，然則「無怨的青春」就更具有點出全書主題之意了。

是的，作者全書所欲傳達的訊息，無非是無怨的青春與無瑕的美麗。但如何可以獲得呢？尤其，當人在彼時已然怨了，愛之上已然有了瑕疵了，如何能復無瑕呢？於此我們並非無路可尋，而正可以經由事後的省思、覺悟，而重證彼時本有的純潔晶瑩。真的，往事本來純淨，而所有的瑕疵只是人自己莫須有的妄加。因此，只要人隨時把那妄加的障翳徹除了，那本來的純潔便爾重現，而這重現的表徵便是詩。詩，乃所以濾除憂傷痛苦而鍛鍊永恆的憑藉啊！這便是「詩的價值」。於是，在「如歌的行板」中，我們放棄執著；在「愛的筵席」與「盼望」中，我們憬悟永恆。是的，那永不再回頭的一瞬啊！永恆已如是鑄成了。所欠的，只是你的憬悟而已。而如果你憬悟了，「那記憶將在你懷中日漸晶瑩光耀」。

在第一帙中，全書的主題可說都已具現。然後，在第二帙至第七帙中，這主題被逐步鋪展開來，提供我們更從容細緻地咀嚼餘地。

「初相遇」寫的是愛之偶然發生的事實。當然，這事實在現在看來（在經過重重省思與解釋的現在看來），早已是明白不過（所有以爲被浪費的其實都不曾浪費）；但在當時，可眞是如何的蒙昧啊！那其實在你一回眸中就已決定的，那永恆的潔白的裙裾（那永恆的愛），卻不免仍要用一生的疑惑，才能釐清那偶然的你的形相，與蘊涵在你偶然的形相中那永恆的青春與愛，二者間的分際。

於是，人不得不努力去追求這人生的答案，「年輕的夜」一帙，就是在表示這種追求吧！當然，這種人生的答案，是只堪自證，而無法言傳的。因爲答案原本俱在於二十歲那個年輕的夜裏，或俱在於你的心裏；就只看你是否相信它的存在，並且是否能忽然憬悟而已。若不能，愛將迷失在月夜松林的光影雜沓之中；而如若能，則在光影寂滅處，仍有滿山的月色、如酒的青春，永恆存在。而人便亦可以秉無悔的貞信，去貞定這所有現象的無憑了。

而在追索的歷程中，陷阱是隨時都在的，愛隨時都可能淹沒在人們自以爲是的假相之中。詩人遂不得不藉著水筆仔之被漠視的事實（如同那稀有的愛之純質之被世人視而不見）來提出警告了。這一帙的詩因此最爲沈鬱。「淚・月華」寫愛之沉埋，竟到了令人無以辨認的地步。「遠行」「四季」與「爲什麼」都寫的是人與愛之違隔。「樓蘭新娘」寫人們對愛的侮慢，只有「自白」一首，寫人在殘缺中一點尚未灰的追尋之心，則總算還保存著一點希望。

然後，在陷落的驚悸中，人須得去破解這亙古的謎題。雖則當謎題解破時，歲月已逝，也莫恨已太遲。因爲當人憬悟了他的錯失，他便也了解愛與青春之所以迷蔽，實乃迷蔽在人自造的障中，如所謂「遠景」「藍圖」，或者那些製造緊張、扼殺自然的嚴厲「戒律」。然後，人或許可以藉著對往事的重省，而收穫到一本雖薄薄卻饒有意義的詩集罷！

若然，則人將會在回首的剎那，驀然發現每一個繩結中其實都有一個祕密的記號；本來朦朧的往事，遂爾歷歷在目，而永恆也就在此呈現了。這一帙因此充滿著體嘗到眞理的自信與愉悅。原來一切幻變的事相流逝了，都會留下一個不磨的印記的；原來人雖分離，愛仍是永不會忘記，如那河流夢中永恆的青青衣裾。於是在「悲劇的虛與實」一詩中，我們看到有限與無限間巧妙的交錯，圓融成渾然的整體。在此，人不必捨棄現象的繁複多變，便能在心底印證一潔白的山百合，或永不凋謝的荷。並且憑恃著這對眞理的貞信，人便更可以反過來貞定這繁複的事相，而不畏它的曲折多變了。所以，妳儘管反反覆覆地說罷！列蒂齊亞，反正妳的心情，我都會明白。

於是，人便可以藉著如此認眞的省思與憬悟，而重證前緣。那當初雖朦朧而錯過的，如今是如此明白卻又依然。眞的，你什麼時候在心中放下一首詩，便立即可以沉澱出所有的昨日，釐析清所有的悲歡，且了解昨日所有的錯失，原都是人生中不可少的安排。人生原就是這樣一種哀樂相生的情懷，這樣一齣悲喜不分的戲劇。且正唯其有喜樂，所以是形上的永恆；又正唯其有悲哀，所以是存在的眞實。這即寂即感，即眞實又虛靈的如如人生啊！那便是渾不可說的禪。

全書的主題鋪展到此，已嘎然是一個句號。那麼「與你同行」一帙又是什麼呢？原來在前六帙的鋪陳中，雖終結到不可說的禪，那禪意卻早已是鋪陳脈絡中的一環了。是則雖理當不說而事實上已大有所說；愛與青春的意境實已藉此鋪陳而如此彰顯了，則還是那奧祕不可說的存在流行嗎？於是有「與你同行」這一帙。在此，愛重新隱在平凡之中，生活裏重新有種種不被料到的安排與瑣碎的錯誤，重新有難以同行的艱危，人亦不免重新有急切、有惆悵、有後悔、有哀傷。而結局還只是幾首佚名的詩，與一抹淡淡的斜陽。永恆的愛不再在這裏出現了，然而永恆的愛其實遍在。它只是渾然無跡，你只是悠然不覺罷了！而你若覺，亦實只因有前六帙的鋪陳。我們以是知鋪陳之必要，亦以是知不鋪陳之眞實具在。

而這畢竟還是一本詩集，作者還是要在一切都已結束之後，說她最後的一句，以致她最屬心底之一意。那就是：在欣幸與你同台之際，向你致她對你自始至終的深信不疑。

以上便是我之所說了。我說的果是作者之意嗎？我實在不知，想席慕蓉也未必便知罷！我只是以我之心去領略她的；而當她讀此跋時，亦實只是以她之心來領略我的罷了。而在心心的往來流注中，有相互的創造激發、迴環以生。誰說作者只是個施者，讀者只是個受者呢？而當你讀席慕蓉之詩後，再讀比跋，則更是有你我他心之交光互映。然則，若我們間果然有緣，那麼我之所說或許便也未嘗無理了！

青春無怨　新詩無怨

蕭蕭

現代詩在台灣的發展歷史還不算太長，理解這段詩史之流裡的幾處波紋，或許就像了解整個地球上的洋流一樣，我們會知道爲什麼北半球的洋流順時鐘方向而流、南半球的洋流卻逆時鐘方向而流？由赤道而來的自是暖流，由兩極方向而來的則是寒流，暖流與寒流交會處，也是魚場形成的地方，暖流圍繞不凍港，寒流卻又形成沙漠。因此，這一段詩的洋流，值得我們以較寬廣、遠大的眼光，探討來自不同的地方、去向不同的港灣，那一股股不同的洋流，如何衝擊台灣現代詩壇。

民國初年的新詩壇，嘗試的聲音初啼，引自西洋的詩的外衣披在中國白話文的身上，這一切新聲令人訝異、新奇、欲迎還拒。迎迎拒拒之間，不免都是感性的、衝動的情緒在鼓盪，這樣的情緒缺乏理性的引導，是其缺憾。但，無可諱言，拒的人無理性地鼓盪，迎的人就會更衝動地往前衝，這樣的力量卻又是無可估計的。白話詩迅速竄升，原是來自這兩股不同的潮流。

歌誦青春與愛，歌誦莫名的情緒，我們發現早期的新詩中表露出「翻譯的感情」，奔逸、縱放的感情，竄流在尚未純熟的白話文與西化語之間，仍然是令人欲迎還拒，徐志摩是此一時期的代表性人物。

象徵主義出現在中國詩壇之後，現代詩就好像進入一個深邃的山洞，詩人在洞中用力揮鋤，回聲轟隆，在詩人群中迴旋很久，但洞外的大眾卻矇然無所覺。

詩人繼續挖掘，向人性的內裡挖深，渾撫忘記入洞前自己也是群眾之一，滿足於轟隆隆的山洞裡的回聲。這樣「入洞」而不「入世」、「出家」而又「出國」的寫詩方式，應該也會有優秀作品出現。可惜，時間太促，抗日戰爭爆發、兵馬倥傯之際，詩人匆匆奔出山洞，看見炎炎紅日高掛中天，鼓舞國人抗日情緒的詩作一篇一篇出現，由「詩人」的詩轉而爲「宣傳家」的詩，詩壇的流向出現了逆流，詩人無暇調整自己的眼光與腳步，看的、說的、做的、寫的，無法趨於一致，個人如此，詩壇亦復如此。抗戰後期，以至於大陸淪陷，我們看見眾多的詩人「分裂」的人格——做爲一個愛人的詩人，還是愛國家的宣傳家，孰先孰後？

這樣的疑惑一直延續到民國五十年，播遷台灣島的第十二年，始略見改善。民國三十八年以後的台灣詩壇，承襲了抗日的激昂之聲，形成反共浪潮，鄉愁的聲音是渾厚而激奮的。當鄉愁的聲音轉爲低沉而內歛時，社會局勢已趨於安靖，詩人又回到詩人的「石室」中去，山洞裡的雕鑿之聲，空空洞洞，轟轟隆隆。詩人企圖一改反共詩的顯豁，深入人心，象徵、超現實的探索，無所不用其極，詩的各種可能表現手法，無不一一嘗試，留給後起的詩人豐富的產業。十多年的歷練，十多年的經驗，當新生的一代在山洞口呼喚時，詩人不再空手而出。

民國六十年，新生的一代成長了，民主自由的空氣啓迪了詩人的心智，「中國的、現實的、鄉土的」呼聲，傳唱詩壇。詩人與眞實的陽光見面，不只是對著紅色的日頭怒吼；詩人與廣大的土地握手，不再屈身於陰晦的山洞中呻吟。

當然，在倡行鄉土文學的四、五年中，也曾出現褊狹的理論，提倡者與反對者之間，都曾走入文學的巷衖裡吆喝不已。所幸，這樣的「巷戰」維持不久，提倡者與反對者偏斜、褊狹的理論銷聲匿跡，眞正的鄉土精神留傳了下來！民國六〇年代末期，更新的一代詩人出發了，他們「掌握」方向，留下「腳印」，懷具

「漢廣」信念，在「陽光」下「小集」。

在這樣陣陣不同的洋流裡，獨有一股清芬，逐漸彌漫空中，她不影響詩壇上的任何流向，詩壇上的任何水流也無法影響她的清澈，她靜靜流著，清芬可挹——她就是席慕蓉，出版了兩冊詩集《七里香》（七十年七月）、《無怨的青春》（七十二年二月），締造了詩集銷售的最高紀錄，而且，繼續累增中。

在她出版《七里香》之後，我曾說：

「席慕蓉的詩是她自己擬設的世界，不會有炎夏酷冬，不會有狂風驟雨，就像她插畫裡飄揚的髮絲、和柔的女體，還有那不盡的細點彷彿不盡的心意。」

我曾探討她寫詩的歷程：

「大學時代，席慕蓉已會作詩塡詞，古典詩歌的含蓄精神、婉約性格、溫柔氣質，自然從她的詩中透露出來，不過，她運用的是現代白話，語言的舒散感覺又比古典詩詞更讓人易於親近。同時，她不曾浸染於現代詩掙扎蛻化的歷程，她的語言不似一般現代詩那樣高亢、奇絕。蒙古塞外的豪邁之風很適合現代詩，卻未曾重現在她的語字間，清流一般的語言則成爲她的一個主要面貌。」

她是不是在鋪設詩的另一種可能？

當我細讀《無怨的青春》之後，我想應該將這冊詩集置放於三十多年來在台灣的現代詩史之流裡衡量，她的出現與成功，都不應該是偶然。

甚至於可以說，她是現代詩裡最容易被發現的「堂奧」，一般詩人卻忽略了。或許眞是詩家的不幸、詩壇的不幸！

抒情，無疑是中國詩的主流。現代詩在徐志摩之後，「抒情」反而成爲詩人的禁忌，特別是三十八年以後的台灣詩界，不過，有幾個現象値得大家注意：譬如，紀弦的現代派提出「主知」的要求，紀弦自己本身卻是一個言志的詩人。現代派大將鄭愁予被楊牧稱爲：「中國的」中國詩人，自是抒情王國裡的王侯人物。再如「創世紀」詩社不是一個善於抒情的集合，享有盛名的詩人，如瘂弦的甜柔，洛夫的陽剛、突兀，張默的小調風味，當然都在抒情的範疇裡。「藍星」的余光中、楊牧、羅門，更是調理情感的聖手；甚至於，近幾年來中國時報「敘事詩」獎的年輕得獎者。我常說：他們得獎的敘事詩往往是「抒情詩的放大」。

這樣的現象都指陳同一個事實：現代詩仍然是抒情詩的天下，但是，詩人不信、詩人避諱、詩人禁忌——這一個「情」字。不知道爲什麼？

席慕蓉不管現代詩人的禁忌，她寫青春、寫愛，而且，迂迴而入年輕的激動裡——這是現代詩人禁忌中的禁忌，包括中年一代的女詩人。席慕蓉彷彿不知道這些，她寫了，讀者激動了！

我相信　滿樹的花朵
只源於冰雪中的一粒種子
我相信　三百篇詩
反覆述說著的　也就只是
年少時沒能說出的

那一個字

——節自「我的信仰」詩

這是席慕蓉的信仰。人稟七情，有情有愛，當然應該以情愛入詩。中國是一個含蓄的民族，我們不會將情愛掛在口頭上，但我們會「表現」在生活裡、「表現」在脈脈注視的一刻。

你殷勤款待因為你是豪富
有著許許多多山中的故事
拂曉的星星　林火　傳奇的梅花鹿
你說著　說著

——節自「山月」（舊作之一）

「山月」是她五十三年的舊作，留神著不說「那一個字」，十八年後，七十一年八月「我的信仰」裡，反覆述說著的也就只是「那一個字」。十八年的信仰——堅持「那一個字」。這是詩人的執著與純眞，人的執著與純眞。

《無怨的青春》一共分爲九卷，每一卷之前有一首卷前詩，採散文詩的形式寫成，彷彿有其循環式的脈絡存在，暗示著每一卷詩的主題。第一卷「無怨的青春」大約更有「開宗明義」的意味，她說：「在年輕的時候，如果你愛上了一個人，請你，請你一定要溫柔地對待他。」她說：「長大了以後，你才會知道，在驀然回首的刹那，沒有怨恨的青春才會了無遺憾，如山崗上那輪靜靜的滿月。」細心的讀者會發現，席慕蓉所有的針筆插畫，月的造型永遠是「山崗上一輪靜靜的滿月」，寧謐、安詳、圓滿、美。席慕蓉詩中的青春一直是這樣無怨的，詩與畫的貫通，顯示席慕蓉心中的朗然、清明。

提到「圓」的觀念，這正是中國天人合上、物我兩忘的哲學思想引伸到文學境界上的表現，《易經》始「乾」終「未濟」，就有循環、補償的觀念存在。青春無怨，因爲，席慕蓉的詩也有「圓」的觀念，卷七「前緣」的「卷前詩」提出了轉世、輪迴，她說：「人若眞能轉世，世間若眞有輪迴，那麼，我愛，我們前生曾經是什麼?」她自問自答：「你若曾是江南採蓮的女子，我必是你皓腕下錯過的那一朵。你若曾是那個逃學的頑童，我必是從你袋中掉落的那顆嶄新的彈珠，在路旁草叢裡，目送你毫不知情地遠去。你若曾是面壁的高僧，我必是殿前的那一炷香，焚燒著，陪伴過你一段靜穆的時光。」這樣的一首詩擴大了人間的情愛，續前緣以成後圓，在追求美滿的過程裡，青春無怨。也因此，我們才可以說，席慕蓉的詩不是膚泛的情詩。

其次，三十多年來，現代詩壇的另一個謠言是「現代詩不押韻」，詩人們認爲：好不容易從格律的桎梏裡掙脫出來，何苦又掉進另一個新的束縛？眞的，絕大部分的現代詩是不押韻的，這恐怕是現代詩曾經失去讀者的一個主因，而詩人不自知。

先說古代，從詩經、楚辭、樂府、古詩，一直到詞曲，字句的長短會有變化，何處該平、何處該仄會有不同，篇幅的大小沒有人計較，但是，「韻」是一定要叶的。

再看西洋之鏡，一三、二四行押韻，AABB的形式，行中韻、行末韻的規定，絕對不會比中國絕律詞典來得輕鬆，而中國詩人充耳不聞。

即以同時代的現代詩人而言，詩集行銷多年，長期獲得讀者喜愛的詩人，大約包括余光中、周夢蝶、瘂弦、鄭愁予、楊牧、羅青等人，他們的共同點就是：詩，敢於押韻。

不一定一韻到底，不一定ㄛㄡ分清，不一定ㄣㄥ有別，《無怨的青春》裡，六十九首詩中，難以找到一首不安排叶韻的詩，這對其他詩集而言，是令人「駭異」的現象，席慕蓉卻一向如此安排她的詩，讓她們有段、有行、有逗，抑揚頓挫，形成聲色俱美的有情世界。

其實　我盼望的
也不過就只是那一瞬
我從沒要求過　你給我

你的一生

如果能在開滿了梔子花的山坡上
與你相遇　如果能
深深地愛過一次再別離

那麼　再長久的一生
不也就只是　就只是
回首時
那短短的一瞬

——「盼望」．七十

押韻，錯落有致，不需要採取嚴謹的格式，以「盼望」來分析，「一瞬」與「一生」是時間的對比，聲母「ㄕ」相同，韻母ㄣㄥ不分，介音「ㄨ」一有一無，在這首詩裡形成叶韻。第一段的「過」與「我」是另一組叶韻的現象。細心的話，第一行的「實」與第二行的「是」，平仄不同，也是相協，而且，可以遙映第三段的二「是」一「時」。同樣的情況，第一行「相望」的「望」呼應第二段第一行的「上」，第一段的「過」「我」也在第三段有「那麼」的回響。

同理，第二段的協韻字，明顯的是「過」與「離」，隱藏式的是「與」「你」「地」「一」。兩個「能」字前應後呼「瞬」與「生」，應該也是深思熟慮的安排。

這樣的叶韻不似古詩呆板的偶數句的韻腳，轉而能有韻有變化，聲音不至於泥滯，特別提舉出來，供詩人們吟誦時參考。

最後再提一件現代詩人忌諱，而席慕蓉卻在詩中特意鋪展的事，那就是現代詩人迷信詩中不該存留本事，重要的是抒陳詩人的感覺，情節故事應該濾除。

大部分的詩人不給讀者本事，少部分的詩人說故事給讀者聽，卻未能帶出感動。席慕蓉則在尋得「愛」的意義之後，擬設了不同的情境，烘托了愛。那些本事當然不一定是詩人本身的遭遇，卻也不一定不是讀者可能的邂逅。——「生命的迷人之處，親愛的朋友啊！不也就都在這些地方了嗎？」

所以，很多讀者告訴我，他們在席慕蓉的詩中遇見害羞的自己。

有時候只有一兩句詩，卻讓人冥想一個下午：

「已經忘了埋葬時的方位

只記得哭的時候是朝著斜陽」

「我本不該流淚

明知地下長眠的不一定是你」

讀這樣的詩句，令人不能不愛上「那樣不堪的青春」。

當然，如果是一首完整的詩，充滿了「小說企圖」，更會有驚心動魄的感覺，我喜歡「融雪的時刻」這首詩，讀來眞有「青春無怨，新詩無怨」那種「了無遺憾」的「滿月」的欣喜：

當她沉睡時

他正走在融雪的小鎮上
渴念著舊日的
星群　並且在
冰塊互相撞擊的河流前
輕聲地
呼喚著她的名字

而在南國的夜裡
一切是如常的沉寂
除了幾瓣疲倦的花瓣
因風

落在她的窗前

——七十・七・卅一

三十多年的現代詩壇罕言「情」「韻」「事」，讀《無怨的青春》卻充溢著「情」「韻」「事」，清新、訝異，彷彿遇到知己的那種感覺，應該就是「情」「韻」「事」三個特性所揉和而成。我常以爲中國文學是「人的文學」、是「情的文學」、是「字的文學」、是「圓的文學」，席慕蓉的詩深具這四種特色，是值得一探究竟的現代詩堂奧。

原載於民國七十二年七月「文藝」月刊169期

席慕蓉書目

・詩集

七里香	大地	一九八一・七
無怨的青春	大地	一九八三・二
時光九篇	爾雅	一九八七・一
邊緣光影	爾雅	一九九九・四
七里香	圓神	二〇〇〇・三
無怨的青春	圓神	二〇〇〇・三
我摺疊著我的愛	圓神	二〇〇五・二

時光九篇　圓神　二〇〇五・十二
迷途詩冊（新版）　圓神　二〇〇六・三
邊緣光影　圓神　二〇〇六・三
以詩之名　圓神　二〇一一・七
除你之外　圓神　二〇一六・三

・詩選

水與石的對話　太魯閣國家公園　一九九〇・二
河流之歌　東華　一九九二・六
河流之歌　北京三聯　一九九四・二
時間草原　上海文藝　一九九七・六

・畫冊

・散文集

有一首歌	洪範	一九八三・十
同心集	九歌	一九八五・三
寫給幸福	爾雅	一九八五・十
信物	圓神	一九八九・一
寫生者	大雁	一九八九・三
我的家在高原上	圓神	一九九〇・七
江山有待	洪範	一九九一・五
寫生者	洪範	一九九四・二
黃羊・玫瑰・飛魚	爾雅	一九九六・七
大雁之歌	皇冠	一九九七・五
我家在高原上	圓神	二〇〇三・十二
寧靜的巨大	圓神	二〇〇八・六
寫給海日汗的21封信	圓神	二〇一三・八

・散文選

在那遙遠的地方	圓神	一九八八・三
生命的滋味	上海文藝	一九九七・六
意象的暗記	上海文藝	一九九七・六
我的家在高原上	上海文藝	一九九七・六
與美同行	上海文匯	一九九九・十二

・小品

三弦	爾雅	一九八三・七

・美術論者

心靈的探索	自印	一九七五・八

雷射藝術導論　　雷射推廣協會　　一九八二・十二

●編選

遠處的星光
——蒙古現代詩選　　圓神　　一九九〇・七

附註：《三弦》與張曉風、愛亞合著。《同心集》與劉海北合著。《在那遙遠的地方》攝影林東生。《我的家在高原上》攝影王行恭。《水與石的對話》與蔣勳合著，攝影安世中。

國家圖書館出版品預行編目資料

無怨的青春／席慕蓉作. -- 初版 -- 臺北市：圓神，2000.03
面；12.8×18.6公分 --（圓神叢書；295）

ISBN 957-607-443-6（精裝）

851.486 89001074

Eurasian Publishing Group
圓神出版事業機構
用心與你對話．網野無限寬廣

圓神出版社
Eurasian Press

www.booklife.com.tw reader@mail.eurasian.com.tw

圓神叢書 295

無怨的青春

作　　者／席慕蓉
發 行 人／簡志忠
出 版 者／圓神出版社有限公司
地　　址／台北市南京東路四段50號6樓之1
電　　話／（02）2579-6600．2579-8800．2570-3939
傳　　真／（02）2579-0338．2577-3220．2570-3636
總 編 輯／陳秋月
主　　編／吳靜怡
責任編輯／林俶萍
校　　對／席慕蓉．陳羽珊．林俶萍
美術編輯／陳正弦
排　　版／簡　瑄
印務統籌／劉鳳剛．高榮祥
監　　印／高榮祥
經 銷 商／叩應股份有限公司
郵撥帳號／18707239
法律顧問／圓神出版事業機構法律顧問　蕭雄淋律師
印　　刷／祥峯印刷廠
2000年三月　初版
2022年四月　35刷

定價 210 元　　ISBN 957-607-443-6